詩集

みずとそら

牧野 孝子

砂子屋書房

＊目次

みなくち 11
空地 14
凍夜 16
曳舟 18
父の家 20
ここに子供がいる 25
ぶらんこ 29
小さきものと 32
泣く 37
八月十五日 40
母子像 42
永遠 44

あまのがわ　46
許さないで（ある日　遠くへ連れ去られた小さきものに）　48
架　50
みちくさ　53
みずとそら　55
水紋　58
笹舟　60
うみはうみいろ　そらはそらいろ　62
水闇　65
けっこん　69
清澄　71
平穏　73

日常　76
破色　77
千年婚　80
俎上　82
えそらごと　84
かすみ野　86
花　88
声　90
あやとり　92
春の鏡　94
八月の柩　96
荒野　さて荒野　98

青い家 102
祝宴 104
梢 106
非 108
夜露 110
夢物語 113
更衣室 115
飾窓 119
壺 121
夢の中で 123
子守歌は聞こえない 125
途 127

まるめろ　130
罠　133

装本・倉本　修

詩集　みずとそら

みなくち

青に飢える
とりわけ　透明な青
そこに身を沈め透けてしまいたいと
切に思う

通りがかりの店頭で
ぐうぜん　目にとまった
青の水差し
みつめていると
はるか　遠い日から　出あっていたような

懐かしさがこみあげてくる

このうねりの発信はどこか
ふと
母の娘時代の古い写真がよみがえる
少し面映ゆげにゆれながら
伝えてくる波紋が　やがて　静かに閉ざされ
満ちはじめる　青の一点からすでに
視ている
「私」という予感
凛とたつ霜柱を踏みしめる足元から
透けてゆく　すがすがしさ

生まれかわって　いま
あるのだろうか

あれから　どれほど経つのか
店頭はどこにも見あたらない
数時間　数日　数十日　否
数年　数十年　数百年かぞえながら
ふしぎに澄みきった充足感にひたされてある
波紋の広がりは
どう物語られようか

急に霧がふかくなる
呼ばれている方角を求めて
さらに青く
もっときびしく　青く

空地

地名のない場所など
どこにもありはしない
時計まわりのもどり道
かかわり合っては
他人になりすまし
みそかごとのつるべに口つけ
水をのんでいる
あかい咽

見透しの芝居にまたがり

しらを切り
ひらり跳んでは
尻尾を巻いて

どこぞに
狐なんぞ棲んでいようか

空地のすすきの
やわな懐ろ手
くいっと首をもたげ
こざかしげな背骨のたおみで
焼け落ちる日をたがえた
影を
串刺しにする

凍夜

天空　泳ぐ　月に追われ
渡った海の　夜の甲板
辛うじて　ひとりで這い出る
小さな背中に　降りかかる
曳航のしぶきが
つぶてとなって　視野をおおう　その
一瞬の　光の闇を
たしかに握りしめ　屹立する
零歳の　原野

じりじり　うごめき　燃え狂う船底
切り取られた　海底の窓から　あふれ
吐き出される
炎上の人群
おろしたはずの荷は　宙をさまよい
一睡もせず　漕ぎ出してゆく
聞こえるはずのない　櫂の軋みが
よりどころのない渦を巻く

曳舟

記憶の波打ち際が
白く泡立ち

はかられ　あやつられた曳舟の
深い影が　ゆっくりと吸いあげられる

美しい死の序章には
美しい生き方がなければならない

美しい死の朝の燃焼には

さらに　醜さを超えねばならない
記憶が想い出になり
想い出が　美しい物語になる日

父の家

窓硝子に映える樹木のみどりが
かぐろい影を長びかせる土間の
うすぐらい空間に
粗土の肌を剝き出しのまま
父のつくったかまどが座っていた
戦後外地から引き揚げて来て
内地での
最初の自分たちの家である

辺りの家々の

広いたたずまいを横目で見やる思いに
父と母の汗みずくの姿を重ね
正と負の背なか合わせを思い知らされた
当時のくらしは
内気な少女を
もっと内気に無口にして
低いトタン屋根に
おおいかぶさる廂のような裏山に
よくひとりで登った
遠く旅立つ誰かを乗せているだろう
汽車の汽笛に心をゆさぶられては
まだ見ぬ何かに憧がれた

赤いスーツケースのチャックを
きっちりと締め
人里が句読点のように点在していた

そこを出てから
もう三十年になるのだろうか
居間のあがり口から正面に見える
横座に
いつものようにきっちりとまかれた
父のゲートルが置かれていた
地に足のつかないことは
けっして出来なかった父の性格を物語るように
きまった場所の
きまった陽の明るみを受けていた
父のゲートル

その後
出て行ったもの
新しく加わったものと
住む人の血の流れが

もうひとつの流れを加え
土間に張られた板の間に
明るく溶ける樹木のみどりが
父と母の流した汗のしおからさを
いっとき和ませる間もなかった
父の死とともに
わたしのなかの血の色が
夕日のように少女時代への懐古を滲ませる
山際の家は取り壊されて
表通りに移転した

母のいる家の仏間には
父の遺影がかざられている
葬式の日撮ったわたしとそっくりな面ざしで
わたしははじめて父に似ているのに気付いた
喪服姿のわたしの顔と

父の顔がすげかえられたと思うほど
よく似ていた

間もなく
父の十三回忌がやって来る
いつか少しずつ
父の面ざしを脱ぎ捨てて
夢のなかに現れる
父の姿もさだかでなくなった
生い茂った雑草のなかの
跡形もない時間の淵に
今頃はどんな草花が咲いているのか
父の家が失くなってから
わたしは一度も
あの山際を訪れたことがない

ここに子供がいる

馬でもなく
牛でもなく
人間である
堅く巨きな人間の足である

狭い入口の向こうには
躰を横たえられる床板がある
背負った荷物を下ろし
堅すぎ巨きすぎる足を外して
追われ　逃れ　運ばれるこの躰を

休められる床板がある

ここに子供がいる
ここに子供がいる

あの声がなかったら
制するあの声がなかったら
少女の躰は
堅く巨きな人間の足の下で
一個の物体になっていただろう
大した事件にもならず
内地に向かう途中の
見知らぬ町で
見知らぬ場所の土になり
いまも
寒い季節にありつづけていただろう

日そのものが
非日常的に暮れていたのだから
手をはぐれた子供など
母の記憶にさえ残っていなかった
ささやかな事件であって
狭い入口になだれ込む人間の眼には
そのとき何も見えてはいなかった
あのひと隅を
誰よりも早く確保したい

次へ運ばれるいっときのやすらぎ
下ろしても　下ろしてもなお重い
この背中にあるものを担う
巨大な足を外して
人間らしく横たわるあのひと隅だけが

明るんで見え

ここに子供がいる
ここに子供がいる

制した頭上の声音は憶えていない
言葉だけが
小さな耳の底に打ちつけられ
いまもなお
打ちつづけられる言葉は
生きる歳月に　さらに
鈍色に光るのだ

ぶらんこ

誰もいない　路地に流れる
夕の空

靴を失くした
八月のぶらんこが
揺れる

冷たい裸足で
膝をかかえる　子どもたちを
乗せ

どこへも
漕ぎ出せないまま
焼ける　夕の空

鳴らない　オルゴールの
ちち　ははの声を

くりかえし　くりかえし
まきなおす　幼さが結ばれ
まばたく

遠くの　深みに

透明な影を残す

鳥の行方を　見失いそうで
ふいに　こみあげる

小さきものと

五歳のＹＵＵＫＩとダンスをする
むかしＹＵＵＫＩのママと踊った同じオルゴールで
つなぐ小さな輪の無邪気な笑い声
さらにむかし軍服姿の父の写真の前で
母とつないだ銃後の輪
その輪に切り取られた空白をうめるように
なんどもなんどもダンスをする小さな輪が
世界中の子供たちとつながるいつかをゆめみ
他の誰でもなく
自分自身の喉元に釣糸を垂れる午後の日溜り

いまどこかであしたのひかりに見放され
ひとくちの糧さえくちにできない子供たち
さしのべていたはずの手は
むしろＹＵＵＫＩの小さな掌の温かさに癒され
遠くになってもけっして癒えることのない傷口にかたく塗り込められた
子供たちの声のない叫び

さかさになっても
空はそら
海はうみ
そのあわいのゆりかごから
空へこぼれた子供たち
海へこぼれた子供たち

ＹＵＵＫＩよ

幼いＹＵＵＫＩよ
わたしの耳には聞こえないオルゴールのあしたのメロディーに
はずむゴムまりのように心をのせ
わたしをいざなう澄みきった瞳のなかの地球の青さよ
けものよりけものであろうひとの心の悔恨にくもるもうひとつの地球の
窓辺でまりをつく
姿の見えない子供たち
どんなまりをついても加える歳の数はなく
ちち　ははの哀しみかぞえる数え唄

今日ＹＵＵＫＩが帰る日
はじめてひとりで泊まった自信でふくらませた
小さなリュックを背負い
二時間ほど電車を乗りつぎ迎えに来た
ママと連れ立つＹＵＵＫＩを見送りながら
ふいにこみあげる熱さ

降り注ぐ真昼の陽光のなか
少しの不安もないままの愛しみを全身に
パパの待つ家へとスキップしながらバス停へ向かうただそれだけの光景の
かけがえのなさ
見慣れたいつもの街並みもはじめて見る新鮮さで映り
きっとあしたも誰かに優しくなれると約束させる小さきもの

ＹＵＵＫＩよ
幼いＹＵＵＫＩよ
ともに生きる永遠はなくとも
この夏ともに過ごした時につなぐ小さな輪は
ＹＵＵＫＩのママとつないだ遠い日の輪の広がりを波立たせ
戦争を知らないふたりにつなぐ
わたしの波紋を描き
こめられた想いの熱さの支柱となる
小さきものの心の高さ

そしてその支柱に吊されるゆりかごの
やすらかな眠りからふり落とされる
子供たちはいない

泣く

いきなり
約束がちがうと
泣く

そらいろ
うみいろの　洋服を
ぐしょぐしょに
泣きじゃくるたび
夕焼けの
ランドセルから

黒く塗りつぶされた
活字が
ころがりおちる

もう　せんそうはないって
いったのに

外地に　おきざりにされた
ふるさとの
土のにおい　風のにおいが
吹きだまる
内裡深い　風穴

こどもであった　当時の
わたしが

午後の窓を　うちふるわせ

そらに
うみに　あやうげににじむ
あの橋の
人さらいが　怖いと
おびえて

泣く

八月十五日

立ちどまる
空の青さ　空の高さ
たったいま　去った気配が
断片となって　ちぎれ
ふとあしもとから　生まれたばかりの
いのちの声
こんな日は　むしろ

あしたがさみしい

どこからともなくわいてくる　不安に
希みの橋がふっととぎれて　かすみ
くりかえし　めくられる
六歳の夏の日

深く青い広がりを
はじめて意識した
幼い文字が　降ってくる
「センソウハ　キライデス」

母子像

おもくない？

向かい風にさからいながら
自転車をこぐ母の背に　心配そうに
声をかける　子ども

ううん
おもくもないし　かるくもないよ
ちょうど　いいよ

買物帰りなのだろう
前のかごは　ぎっしり
後ろには子どもをのせ　通りすぎる
自転車から　ふと
届けられる　母と子の会話

ざわめく葉ざくらに
吹かれ　消され　のまれても　なお

みどりうるむ
木洩れ日に　抱かれ

ちょうど　いい

永遠

母の背に
深い　井戸がある
かなしみ満ちる
井戸がある
井戸の端に
やがて
花びら　散らす

いたみの　朝へ
さらにつむぐ　いのちの
かなしみ背負う
母の背に
深い　井戸がある

あまのがわ

ふれ　うるわしの
ぬのおる　おとが
ちゅうやとわず　まいおりる

そらに　ともす
あかり　たずさえ
かげひく　きぬずれ
うるわしの
いのちしょくし　いきる
いのちの

いたみを　わたり
きずあと　ふかい
あやになる

許さないで（ある日　遠くへ連れ去られた小さきものに）

想いのきざはしにおかれた
一輪の花

季節を連れる
名のない花

あの日
海のランドセルに運ばれ
遠くへ行った
こどもたち

海のむこうでも　きっと
のぼり　おりするきざはしの音が
しきりにして
遠く　遠くへ漕ぐ
水いろの櫂のしぶきから　生まれる
ひとつの名まえが
ようやく
あなたになる　その日

架

胸の底を
小高い丘がつづきます
すでにいないものたちが　ときおり
ぽっと　明るんで
胸の底を照らします

そこでは
固有名詞はありません
だれもが　みんな
だれでもない　だれかです

いち度も会ったことのない面差しが
じっと　庭先を見ています
小鳥の一羽もいるのでしょうか

長いながい沈黙が胸の底をひたし
なぜか　とても和んできて
ことし　はじめて咲いた
アロエの花を見ています

くりかえした転居とともに
荷の片隅に運ばれて
二十三年目　はじめて
富士の見えるベランダに
燃える茜を焚いています

胸の底の丘に眠る見知らぬものも
みんな生まれる前から
すでに　出会っているのです

肩のあたりの重さをはらい
こうして　静かに座っていると
もう　ここにはいないのではと

そう思えるから　いっそうに
どこかに架かっている　あしたへの
いまは亡いものたちのいのちの数かずが
切なくなるほど遠く近くに　明るんで
いよいよ　朝の水面が漲ります

みちくさ

坂を下って左へ折れる
スターリンの肖像画あると噂流れる
狭い路地
おとながささやくスパイの三文字に
半ばかかえるおののきは
むしろ　まだ見ぬものへとかりたてて
さらに奥へ
背のびの影をしのばせる

わずかに開いた窓の両側は

ただ　うすぐらく
それでも口ぐちに見た見たと言い合いながら
息をはずませ坂をのぼる
狭いしのびの影を
寒ざむと焦がし

いっきに日没へと傾いた
樺太の地中深く
誰ひとりさだかでない消息の
国民学校一年生の教室で
いまなお席を並べている
影たちの声

「ねえ　あのとき見たのは
なんだった?」

みずとそら

ひたすら　そうして
あるとも　ないともいえない

ほのあかるさ
ほのぐらさ

かざす　てのけはいを
かんじるともなく　すでに
●
なにも　みえなかったという

なににも
であえなかったという

それでも　こうして
うつしあっている　そのあわい

たわむれの
しあわせとふしあわせの
あわせかがみに
うつしだされる
ひとかげも　また

●

きえるゆえの
うつくしさにささえられるとき
ひとは
ほどけるしずくのひかりになろうか

ふいうちの　きたのそらの
おもさは　そのまま
いきたきのうのおもさであって

むすばれ　ほどけるあしたのひかりのなか
うまれたばかりの
いのちのいたみにだかれ　ひとは

きえるゆえのうつくしさに
ものがたられて
あるのだから

水紋

水面の渇きをのみこんだあとの
あしたの静寂がきこえる

*

名前の知らないひとと
虹影橋で出逢う
知らない名前のひとと
虹影橋を渡る

*

わたしは　もう

だれの目にも
発光しないのかも知れない

鏡のなかの
だれの目にも　浮きあがらない
透明な水滴を釣りあげながら
ふと
そんな想いになる日がある

笹舟

こんなに　遠く
歳月をへだてても
しるされた
萌芽の兆しが
朝焼けの空の扉を
染めあげ
のこされた小さな足跡の

入江から

遠い日の　笹舟が
漕ぎ出していく　その日

解かれた涯の波であろう
波紋のひろがりは

応えられなかった　さざなみの
無言の便りとなって
希む光りの櫂を
深く静かに

さらに
あしたへ

うみはうみいろ　そらはそらいろ

みちひきの
うみのきざはしから
おりてくる　うみの
うみいろ

はかれた　ふかみの
そらのきざはしから
のぼってくる　そらの
そらいろ

とおい　とおい　いつか
のみのこされた　いってきが
そらの
うみのきざはしで

ひそかに
はっこうしつづける　そらは
そらいろ　うみは
うみいろ

そこに
あることさえ　つみの
ひといろ

おかしたあわいに　にじむ
つめあとふかい　あかいいどから

そぞろあるく　こえだけが
うまれるものの　あいかのためのあしたのせいざに
うずくまる

水闇

水に結ぼれて
ひかりが生まれるとき
どうして
涙ぐんでしまうのかしら

＊

消えてゆくって
ひとりのときも
ふたりのときも
さびしさに変りはないから
きっと　あした

海へ出るわ

*

いつか溺れた沖合から
鋭角に切り込んで来る
波頭を
ガラスのスプーンで
ていねいに掬い上げ
細い咽もとに流し込んでいる
聖女の鏡

*

夕闇に
すべり入る
亡者の叫び
「夜が怖い」と泣きわめく
妖怪背負う切り岸に
つるばらの赤　くろぐろと

＊

雨の日ごとに
傘がふえる
部屋中にひらいた傘の
土砂降りの雨の音が
夢の中に注がれて
繰り返し
水死人の夢を見る

＊

ただ　見られていただけなのに
知らない自分の顔が
水鏡の波立ちに
盗まれて
茜のナイフをのみ込む
青の揺れ

＊

そのとき
星になるなんて信じられないけど
まだ　何も見ていないひかりが
ここにあるわ

けっこん

もう　どうにもならないほど
ふたりで
もう　どうにもならないほど
ひとりで

もう　どうにもならないほど
身内で
もう　どうにもならないほど
他人で

どんなにしても
肉親にはなれない
とても不便で
とても便利なおかしみもあって

もう
どうにもならなくなるほど
そうなるための
出発なのだ

清澄

ある日　ふいにいなくなる
そんな日には　あわてず
静かに　胸の底の死の床を焚け
かえらぬものを待つほどの余裕などありはしないのだから

ほどけるだけの結び目に
きらり　あおむくもの
許されているのは
誰でもないのだ

ただこうして　ほどけるだけに
あしたが美しい

たぶん　こういうことであろう
たぶん　こういうことなのだろう
妙な納得のボタンはかけるな
もう映し合うこともないのだから

平穏

優しく朝をくわえている窓の
やわらかな地平線を降りてゆくと
逆さ吊りの影を落し揺れている家族らの
毛深な内側を透かし視る朝の光は
とてもあたたかく
すでに彼らは
朝のお祈りを終えた従順な位置

もう長いこと　きのうのそれとは
いささかの狂いもない繰り返しの

わずかな揺れを
幾重にも重ねた手の形の
青い梢にからませながら
たしかに彼らは
暗くて貧しい朝の沈黙に耐えている
羽根のない鳥の叫びを聞いていたから
ことさら陽気に多弁になる

レモンを泛かしたカップの中の
ささやかな朝の食事の色彩を
少しばかりの微笑でもってうなづき合い
さらに低い土地へ降りる
実に静かな大気の中
踏みしだかれた羽毛のしげみに
固く塗り込められたせめてもの結び目を
すきとおった指先の蒼さに映し

むしろ明るくつきたてるナイフとフォークを
かすかな照り返しの
朝の陽差しがすくい上げる

日常

たとえば
肩先から掌にかけて
背を向けて
本を読んでいる男の
傾いだ上体をささえている右腕が
すうっと視界をはぐれ
うそ寒い首筋あたりに
突然
赫いほむらの立つのを見る

破色

出ていくたび
見知らぬおとこがもどってくる
おんなも　いつか
見知らぬ景色になって
見慣れた窓辺にはりついている

○

はかりしれない　みのうちの
しぶきとびちる　切岸
思わずのりだし
暗喩が爪立つ

○

海にひらく　岸辺の音いろに
耳を染め
月に漕がれる　ひとむれから
ふともれる　うすあかり

○

ひとよ
ひとを想う窓はひらいているか
見果てぬ夢にこぼれる途みち
影にひかれ
ひとかたがゆく

懐かしい窓に封印された
想いの軋みに
少し歪んで笑う

夕の橋を渡り

いまも
持ちつづけているだろう
あの空席の
想いのむくろに　ひかれ
ひとかたがゆく

千年婚

ある日
ともに暮らす　おとこの
喪のはがきが届く

しみじみと　ときにひたされ
古い時計が
十三時をうつ

そのうち　おんなも
そんなはがきを書いたような

気になって

たぐり寄せる糸ぐちから
ちろちろ焚かれている
送り火に

ときおり　照らし出される
ふたつの貌を
ぼんやり　遠くに眺めている

俎上

おじいさんの背すじは　まっすぐ
おばあさんの背すじも　まっすぐ

食卓を拭きながらつい
おじいさんみたいにといってしまい
いわれたおじいさんの笑いがとまらず
つられて笑うおばあさんも
連れ添った分だけ叱言をこぼす

けっしてふたりは

おじいさんともおばあさんとも思ってはいない
それぞれがそれぞれに
まだ充たそうとしている何かがあるからすれ違う
充たされないうつわのなかのたがいの音がすれ違う
どこぞの国の背骨に群がる虫の一匹も殺せはしないと
知ってはいるが
この夏の選挙には開場前から列に並んだ
どちらもくちにしないので
相手の用紙に書かれた名前は　ずうっと
わからぬままだ
おじいさんは西武池袋線で　時間を売りに
おばあさんはひたすら　終日
こぼした叱言を磨きつづける

おじいさんの背すじはきょうも　まっすぐ
おばあさんの背すじはあしたも　まっすぐ

えそらごと

人間は　記憶の文体です
日々　打ちつけられる
新生という　再生の
扉絵です

うたかたは　岸辺に
ただよう　かなしみです

生まれるための
一瞬です

かすみ野

きまった路地から
ひょいと出てくるきつねがいた

晩い秋の
きまった時刻の
きまった坂をおりるとき
ひょいと現われるきつねがいた

なにやら
知ってるような気配をひきつれ
いくぶんあおむけたあごの線で風を切り

下りにさしかかったうす闇のなかで
すれちがいざま　たしかに
「コン」と啼いた

真白に塗り込んだ画布にひらかれた
真っ赤なくちびるから
たしかに「コン」ところげでた

百年たってもけっして
色あせることのないだろう夕景
だましたのか
だまされたのか
もはや下るばかりの坂道
いつ散ってもいい
などと　うそぶく想いの裏返し
いよよ狂わんばかりの紅葉である

花

出あるくのがにがてなせいか
夢のなかでは
ずいぶんとあちこち飛びまわる
飛びまわるだけ
迷い路もふえていく

昨夜はめずらしく
花を背負った幼な児に道を訊かれた
迷っているのは同じなのだが
なぜか幼な児の道順はそくざにわかり
はりきって案内する

墓地の片隅で
いま蓋をあけたばかりらしい闇の試食会が
にぎわいをひろげ
ひとくちでもくちにしたのだろうか
いつの間にか花束は
こっちの背なかに移っていて
気づいたときには
どこにも幼な児の姿は見あたらない
背負った花は
とても花とは思えない重さで
みるみる全身におおいかぶさり
首をねじまげることも
瞼をひらくことすらままならぬまま
しきりに
道をたずねるひとをさがしている

声

五月の花が咲くと
四月の花が散る

散りぎわの花の声は
だれかを呼ぶ死者の声に似て

いつまでも
いつまでも消えないのだ

五月の花が散りはじめると

ようやく四月の花の声が止む
散らない花がないように
咲けない花もないのだ
と
はげますような声をのこして

あやとり

はじめて知る花の名なぞる指先の
罪のいろした　あやとりに
蝶がいっぴき　首を吊る

かけたがえたあやの花びら　ふいに消える
露地のあたりから
にわかにあわだつ蝶道

たずねるための　なにひとつ
花の名さえおぼろにかすむ憶いの窓から

うつろにあかるいきのうが届き
ようやく知り得る花の名は
たがえたあやに盗られ　散りぢりに
空　いちめんのさんざめき

春の鏡

月を漕いで逢いにいく
姿みせない月を漕いで
逢いにいく

消えがての
あのたもとに咲いている
いちずに青い蜜

出逢えぬままの焦れの淵で
別れるために

待ちつづけているというのでしょうか

忘れてしまっていることさえ
忘れはてているのでしょうか

行き暮れた想い映す仮象の鏡の
月を漕いで逢いにいく

おぼろに遠い月を漕いで
逢いにいく

八月の柩

軍艦が花を積んで空を渡る
未だ生む記憶を持たない
星を求めて
未だ神の棲まない
星を求めて

　閉ざされた記憶の内側に
ぎっしり　つまっている

声のない声

聴きとろうとそばたてる
耳元には
きっと　届くと信じるだけで
きょういち日の細胞が
みずみずしい
蘇生の声をあげる

あの夏の終わりからつづく
終わりのない長い葬列
けっして　おろすことのできない
巨大な柩をかつぎ
声のない声を運びつづける

荒野　さて荒野

狂気と正気がすりかわり
もはや狂れるしかない荒野の旅人
けものより残忍なひとの心の刃先を渡り
ひととひととが殺し合うただそれだけの謎解きを
解けない荒野の蒼い月
生きのびるには誰かを殺すしかないひとの心の哀しみたたえ
きょうも地球のどこかの荒野を照らす
こわされたロマンの兎の骸抱きしめ
それでも生れるいのちの海の乳房満たし
満ちみちて荒野を渡る月影に

旅行く荒野のぎりぎりの正気の
夢の燠火ちりばめながら
愛しきものを呼ぶ声の波紋が満ちるとき
波立つ闇にひとがひとであることのまどかな心を照らし出す
愛しきもののいのちの輝き

凍える窓辺に狂気を吊し
起こったままのしばしの眠りに夢をさがす
呼ばれているのは
むしろ道のない荒野をさすらう心の道しるべ
示す行方には愛しきものを呼ぶいまわの叫びが
とどかぬまま踏みしだかれ
なおも旅行くものの心のあしたをさまよいつづけ
地球が巨大な棺になろう道のりの終わりのない荒野の葬列
その足もとで踏みにじられてもけなげに咲く草花たち
花芯にみなぎる大地のいつくしみは

あるがままの地球のふところで培われ
それだけで十全ないのちの高さ
明り結ぶ月影の
月が月であるロマンを愛でる原初の心に打ち立てられた両刃の塔を
うれいなげくくさむらの虫の声

いまこの地上のどこかで
産声をあげるひとつのいのちのため汲み入れられる産湯が
地球全体を浸すとき
ひとははじめて草花や虫たちと同じいのちの高さで地球に立つ
月よ
草花よ
虫よ
そして　生れたばかりの無垢なるものよ
そう呼びかけることを忘れてしまったことさえ気付かぬ
わたしというあなた

あなたというわたしの個への問いであろう荒野の闇の
明けない朝の止り木をふるわせ
もはや昼とも夜ともわからぬ時を告げるしかない鳥の鳴声を引裂き
突然　どこかで銃声が発つ
その標的に　限りの翼をひろげる一羽の鳥の
撃たれた翼が美しく燃えあがる

青い家

とつぜん　青い家が立つ
窓も出入口もなく　蕭蕭と
たたずむ　風情

ある日　ふと
家ぜんたいが
青いしずくであることに　気づき
思わず　声をのみこむ

声は　そのまま

からだじゅうに　みちみちて
つぎつぎと　青いしずくを生みつづける

いつのまにか　青い家は消え

とある
あしたの記憶に
こつぜんと顕われ
こつぜんと
その場所さえ　あとかたもなく
さまよう　しずくの
青さだけが
いっそうに
ふかく　たかく

祝宴

家出中の看板の矢印に
沿って　夕景の
路を拾う

深い呼吸を数回ほどすると
はたと息がとまり　突然
路が消える

歪んだ骨組みだけの
屋敷で

かすかにあかりにじむ形骸が端座し
ひとり　黙々と
箸をはこんでいる

あしもとから　しわぶく音がひとつふたつ

脱ぎ捨てたすべてを
埋めてでもいるのだろうか　しきりに
誘う気配がし
ふとのぞきこんだその先は
なんと見事な
満開の花闇

梢

黝いかげりが
暈をひろげる
日暮れどき

あるなしの　くらしめぐる
根元のまわりが
急にせわしく　しきりに
行き来する　気配

ふと　見上げる高さに沈む

梢の窓　窓が
つぎつぎと開かれ
懐かしい
にぎわいの声が
響き渡る

非

そこにある　気配の遠く
つたえてくる便りのごとき
非の象の輪郭から
きのう受け取った　たまゆら

歪みの血潮を泳ぐ
一匹の死骸
ほとばしる文脈の切りくちににじむ
朝焼けを　日毎
のみほす虚空の

永遠の疑問符

誰でもない誰かの鍵穴にのぞく
いっときの楽園から
ひそかに運び出され
もっとも遠い他者であろう
自分自身に遡るか

夜露

おまえのいない旅の寒さを
襟を立てたコートにつつみ
濡れた車窓にうつる
夜の木立をくぐるぼくの背は
とても冷めたく
あの日人影から注がれたおまえの視線が
いま　ちぎれた一枚の切符をにぎる
ぼくの痛みとなって
冷めたく白い空席のおまえの影を
振りかえさせる

おまえと迎えた夜明けの窓の
夜露のあえかさ
やがて消えゆくはかなさの
指針のないブランコに
あぶなかしげに腰かけていたぼくらの愛
それ故になおのこと
結ばれようとたぐり寄せる糸口の
たがいの爪あとが生々しく
ぼくの背負った罪の重さが
そのままかよわいおまえの肩に降りかかり
別れるための何ひとつ心得ていなかった
不意の街角

いったい　おまえは
何処へ帰ろうとするのだろうか

街角の向こうに広がる夕暮れに
暗くのまれる落下の姿勢をにじませながら
もはやぼくらにとっての
優しさは見あたらず
そしていま
ひとり旅するぼくの悲しみが
車窓をつたい
しだいに夜を凍らせてゆく

夢物語

夜がくわえるパイプの向こうの
細い階段を降りてゆくと
灯りのない部屋で
ひそかに鏡をひらき
壁に吊るした衣紋掛の
首のない胴体が帯をしめる

すでに午前をまわった時刻の上
あらゆる属性からすくいあげる
蒼ざめた櫂のわずかな回復を

青い盤面の海の中から
あざやかに描き出される唇の
濡れた花芯につきたてながら
はてしない下降の闇の密度へ
おまえは降りる

水かさが増し
今にもあふれようとする水際の
櫛けずられた藻の凪が
不意にざわめき
闇にのまれた水平線のみさかいのなさ
やがて燃えあがる翼の群を
わたしは見た

更衣室

水の幻影に釣糸を垂れる
夜　銀色にひかる魚鱗まとい
まっすぐ歩いて来る自分と出会う
こういうことか　そう　こういうこと
釣糸はまだぴくともしない

＊

なんとなく誰かに待たされているような気がする日には
誰のためでもなく
自分のために泣くしかない

＊

これほどに何もないところで
なんて贅沢な夕焼けなのか
暮れるもののいのち焦がし
どこからか音のない花火のにおいがする

*

水もれする器にくちをつけながらふと思う
失くすものは何んにもない
はじめから何もなかったのだから

*

あなたとは入れないドアもある
ドアの向うのわたしにとってのあなたの深淵
そして　あなたにとってのわたしの深淵

*

景色を繋ぐ時の首根で鎌を研ぐ紳士の
白い手袋

*

戸締りなどしていても
火を放たれたらもうおしまい
軒の下には
いつでも狂女のあかい口腔が開かれている

＊

底があるうちはまだ靴は履ける
まどろみながら脱げないいくらしの
履き古された靴が一足　行儀よくベッドの脇に並べられ
夢のなかに入りこまれないうちは
まだ夢を見ていられる

＊

倖せも
不倖せも
ひとのこころのパレットから生み出される景色に彩られ
今朝　めざめたときのわたしの条件に放りこまれる
一枚の絵のない絵葉書

*

ここにひとつの箱がある
原型からはほど遠く　それでも耳を近づけると
息づかいさえ聞こえて来そうな内包の
海の体温を伝えて来る

飾窓

意味のない
意味の窓辺で　かけをする
ここいちばんのかけをする

みどり美しいねぎらいも
ときには燃える剣になろうか

あそこで見ている影を着て
食卓かこむ朝だから

*

あなたを見ていると
だんだんわたしが見えてくる

あなたといると
だんだんわたしがいなくなる

流れはいつも平明で
陽の光りもさざなみ遊び

とても大事なものは
かえって見逃してしまう倖せに
落ちた花首かざる　午後の遠雷

塀をのり越えてゆくあのしなやかな猫の罪は
もう誰にも問えやしまい

壺

信ずるな
だまされるから

くちぐせのようにおとこがいう
つきあげてくる苦い汁を
こらえるように
遠くを見ながらおとこがいう

こらえていても胸の底の波立ちはつたえられ
同じ遠くを見ながら

同じ言葉をかさねた
悲憤のうつわは
辛うじてこらえられ
やけに明るい真夏の海が怖かった

信ずるな
だまされるから
だれにつたえるともなく
はるかな時の歯車からこぼれてくる
あの日の海のにおいを
ひそかに焚いている魔の刻

すでに
夕闇はくちをひらいて
だれもいない

夢の中で

夢のなかで
ふと　呼びとめられる気配がし
ふりむくと
そこは深い井戸になる

夢のきざはしは断たれ
脱ぎ捨てられた枯葉の舞いの
わたしの野の中
ひっそりと　すわっている
井戸のまわりを爪立ちながら

とどかぬ深みに吊された
きのうの寒さを汲み上げる
つるべの音の　かすかなひびき

めざめても　なお
わたしのなかで
しわぶきはやまず
暗い下降の手摺にもたれ
終夜　不眠のランプをともす
長い影

そこから聞える　はるかな日々の
首のない鳥の叫びが
眠れぬ夜の河床でさわぎ
不意に立つ　風の行方に
たしかな痛みの朝を知る。

子守歌は聞こえない

赤ぐろい空の虚脱に
るいるいと積み重ねられ
巡り来る季節の
鳩のかたちの焚口から
愛しいものを呼びつづける
八月の柩

魚を食べた夜は
魚のかたちの柩で眠る

兎を食べた夜は
兎のかたちの柩で眠る
鳩を殺した夜は
人のかたちの柩で眠る

途

うすい月が　浮く
さしかかった十字路を
ドクロマスクの男が
ドーベルマンに引かれ
横切る

虚をつき
バスがあらわれる

行先名はない
たった　いま
出て来た部屋が
始発になっている

思わず
ふりかえる

車窓に　揺れる
見知らぬ人影
運転手の姿は見えない

あの人影は　自分だろうか　そして
バスは自室であろうか

すでに　去ってしまった

夕映たちの　燠火がくすぶる
帰るすべのない
途を　急ぐ

まるめろ

詩人の訃報を知った日
偶然見つけたまるめろは
大きな笊に盛られ
まだ客足の少ないにぎわいの前に
ひときわ目立っていた
一個　七十円
百円渡して三十円のつり銭をもらう
まだ香りはない
家へかえって
白磁の大皿にのせる

『まるめろ』の
詩人とのかかわり合いは
はしくれながらも
自分も詩を書いていると言うだけである
定評ある津軽弁の詩の朗読も
一度も聴かずじまいに
昨年移り住んだこの土地で
はじめての詩集をまとめた
この秋
詩人の死に遭った

享年　八十四歳
どんな言葉が
のどぶえの哮りの音を断ったか
哀しみは

むしろ憧れにすりかわる

窓から入る風に
かすかに香気がただよう
きょう詩人の弔いの日
皿の上のまるめろは
表面をおおっていたやわらかな毛を脱ぎ
いよいよ
内側からの豊熟を息づかせて
そこにある

罠

枢が　ひらき
蜘蛛が一匹　空中回転する

自ら吐き
編みだした　ゆりかご

在る　というはじまりを
ものがたる　暗を秘め

揺れる指針の先端から　明ける
句読点の　宙

著者紹介

牧野 孝子（まきの・たかこ）
一九三七年　樺太生まれ
一九八九年　詩集『夢だんだら』思潮社
所属した詩誌　「海流」「日本海詩人」

詩集　みずとそら

二〇一七年九月一日初版発行

著　者　牧野孝子
東京都練馬区大泉学園三丁目一―四一―五〇一　菅原方（〒一七八―〇〇六一）

発行者　田村雅之

発行所　砂子屋書房
東京都千代田区内神田三―四―七（〒一〇一―〇〇四七）
電話〇三―三二五六―四七〇八　振替〇〇一三〇―二―九七六三一
URL http://www.sunagoya.com

組　版　はあどわあく

印　刷　長野印刷商工株式会社

製　本　渋谷文泉閣